CCTV

104集大型动画片《孔子》抓帧版系列丛书

孔子 ㉔

滞留卫国

U0095642

青岛出版社
QINGDAO
PUBLISHING HOUSE

国家一级出版社
全国百佳图书出版单位

序

　　历时两年、耗资4000万元的大型动画片《孔子》，经过作家、艺术家、动漫专家、儒学专家们的共同努力，即将正式与广大观众见面，其抓帧版图书亦将同步推出。这是一件可喜可贺的事情。

　　孔子是我国春秋末期伟大的思想家、教育家，是儒家学派的创始人。2000多年来，孔子思想及其儒学在中国乃至世界范围内产生了广泛而持久的影响，早已是世界文化的重要组成部分。进入21世纪，随着中国经济的崛起与中华民族的复兴，世人开始重新审视中国文化。在全球范围内，有越来越多的人士希望从思想上、文化上了解中国，世界各地掀起了汉语热、孔子热、中华文化热。在这样一个大背景下，挖掘中华文化源头中具有生命力的丰富蕴涵，特别是博大精深的孔子思想和儒家文化，让世界了解中国古代先哲的智慧，从而在全球文化的碰撞、整合中提升中国文化的影响力，增强中国的软实力，当然是十分有意义的。同时，加强对我国青少年进行优秀传统文化教育，让年轻一代在学习现代科学文化知识的同时，对中华传统文化有一个全面、正确的理解，以增强民族自信心和自豪感，从精神上丰富自己，从学识上武装自己，成为传统文化的继承者、先进文化的创造者和社会主义和谐社会的建设者，也是摆在我们面前的一项重大而紧迫的任务。

　　正是基于这些考虑，中共山东省委宣传部、中国孔子基金会、山东省广播电影电视局、深圳景德影视传媒有限公司、中央电视台联合推出了大型动画片《孔子》。

　　动画片《孔子》的创作坚持思想性、历史性、艺术性、趣味性并重的原则，旨在通过现代传播手段，以青少年喜闻乐见的动漫形式，再现2000多年前孔子的成长历程以及儒家文化的历史渊源。在创作过程中，我们以历史资料为依据，尽量剥去附庸在孔子身上的功利性的色彩，力求还原孔子的本来面貌和真实思想。在这种指导思想下完成制作的动画片，讲述了孔子如何从一个贫贱少年成长为万世师表的励志故事，将一个活泼、博学、幽默、亲切而严谨的孔子形象呈现在观众和读者面前，很好地实现了博大精深的传统文化与青少年最喜欢的动漫的对接，必将推动孔子思想走入千家万户，走向世界，走入青少年的心中。可以说，动画片《孔子》及其抓帧版图书的推出功在当代，利在千秋。

　　无论是研究还是传播孔子思想，都要以中国特色社会主义理论为指导，要用辩证唯物主义与历史唯物主义的观点来认真对待祖先留给我们的宝贵财富。对孔子思想中一切好的东西，我们都要很好地继承，很好地传播。如"为政以德，譬如北辰，居其所而众星共之"、"其身正，不令而行；其身不正，虽令不从"、"己欲立而立人，己欲达而达人"、"己所不欲，勿施于人"、"言忠信，行笃敬"、"德不孤，必有邻"等等，这些2000多年前的话语充满了人生智慧，今天我们读来仍倍受启迪。但是，由于时代的局限，孔子思想中也有一些不合时宜的东西。我们对待传统文化必须采取"扬弃"的辩证态度，取其精华，去其糟粕，从中汲取积极的因素，为构建社会主义和谐社会服务。只有这样，我们才能将传统文化发扬光大。

　　值得一提的是，该片的制作，因初衷的相同，获得了韩国著名企业好丽友食品公司的支持，这充分说明孔子思想在国际上有深远的影响。

　　借动画片《孔子》开播和抓帧版图书出版的机会，说了上面这些话，是为序。

中国孔子基金会 会长 梁金凯

2009年9月8日

主要人物介绍

皮休

皮休 原是鲁国太庙墙上可爱的吉祥神兽——貔貅，幼时在尼山出现，机缘巧合之下被少年孔丘救下，从此追随孔丘。如今它待在孔府的墙上，拥有把现代人带到两千多年前的孔子时代的能力。

孔子

孔丘 字仲尼，春秋时期鲁国人，生于公元前551年。三岁丧父，家境贫寒，与母亲颜氏相依为命。他是一个非常有志气的孩子，聪慧多思，乐观坚强，生长于逆境而胸怀鸿鹄之志，遭逢乱世而始终抱持高洁理想，最终通过自身的努力成长为中国古代最伟大的思想家、教育家——孔子。

子路

子路 名为仲由，子路是他的字。他是孔子的得意门生，以擅长政事见称。为人直率鲁莽，好勇力，事亲至孝。他发自内心地追随孔子，是孔子众弟子中个性最鲜明的一个。

卫灵公

卫灵公（？—前493）春秋时期卫国第二十八代国君，姬姓，卫氏，名元。他是卫国历史上有名的昏君，于公元前534年—公元前493年在位。

南子夫人

南子夫人 春秋时卫国君主卫灵公的夫人，原为宋国公主。她比卫灵公小三十多岁，以貌美著称，曾把持卫国朝政多年。后随公子朝出走晋国。

卫国太子

卫国太子 即卫灵公之子蒯聩（kuǎi kuì）。他曾策划刺杀卫灵公的夫人南子，失败后仓皇出奔晋国。后来，他回到卫国，被立为君，最终为晋军所杀。

公孙戌

公孙戌（xū）卫国大夫，曾密谋除掉卫灵公的夫人南子，事发后被卫灵公驱逐。他先逃到自己的封邑，企图顽抗，失败后逃到了鲁国。

蘧伯玉

蘧（qú）伯玉 即卫国大夫蘧瑷（yuàn），字伯玉。他侍奉了卫国三代国君（献公、襄公、灵公），被卫灵公称为贤大夫，以贤德闻名。

第 76 集　兕(sì)兽

国学常识有奖问答

现实中有兕(sì)兽这种动物吗？孔丘师徒所见到的兕兽与哪种动物比较相像？

夜幕下，萤火虫在原野上飞舞。孔丘陶醉于这似曾相识的景象。

皮休，你害怕了？

害怕我就不来了！

我们两个是来自天地自然的精气之灵。你知道人们为什么把你画在太庙中吗？

因为我是吉祥兽吗？

你原来的名字叫做"贪",代表着人性的弱点……

贪吃、贪睡、贪玩?

更可怕的是贪婪(lán),所以人们画了你,来提醒自己。

我可不是他们说的那样!

西行的路上，风光迷人。

突然，从天边跑来一只怪兽。

那是什么？

嗯哦！

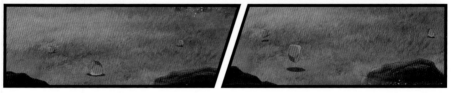

怪兽成群出现，发出的吼声令天地为之变色。

先生，那是什么？

嗯哦！

是兕(si)兽。它们是犀牛的一种。

怪兽向孔丘他们扑了过来。

妈呀！快逃！

它们怎么不看路呢？

兕兽的视力很差，靠嗅觉和听觉行动。

喂，闪开！我们要赶路！

怪兽挡住了孔丘一行的去路。

嗯哦！

先生，它们看起来很友善。

嗯？我在哪儿见过你呢？

对了，我在玙璠里见过你！你等等。

小黄鸟把寄生虫给皮休吃。

谢谢，你自己吃吧。

真好吃！

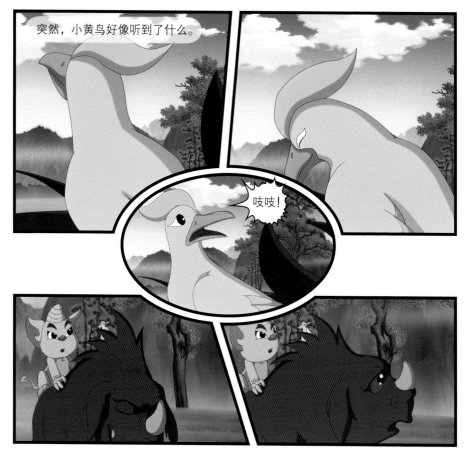

突然，小黄鸟好像听到了什么。

吱吱!

皮休、兕兽和小黄鸟都紧张地望向前方。

子路得到了孔丘的默许。

我来了！

好！

子路也骑上了一头兕兽。

吃我一剑！

做梦吧！

戏阳速的手下盯上了皮休的朋友小兕兽。

小兕，你别害怕。听我的，往右跑！

错了，不是这边！你看不清路吗？

痛死我啊！

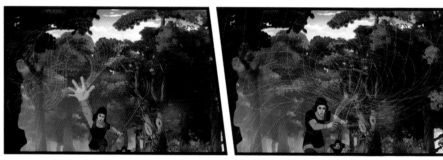

啊？他们有网！完了，完了，小兕这下子要倒大霉了！

突然，兕兽猛地停住了脚步。

哗啦！

真丢人……

是你自己上来，还是我来拉你？

还比不比？

呐阿

不自量力！

呀！呀！

孔丘带着弟子们来到了河边。

这位壮士，得罪了。

放肆！

你是何人？

子路，不得无礼。

在下孔丘。

啊！

原来是鲁国大司寇！在下失礼了。

壮士请起。

请问：你们为什么抓它？

我们要将它献给国君的夫人。

南子夫人？

是。

我听说南子夫人不仅容貌倾城，而且听觉出众，是个奇人。咱们到了卫国，一定要小心行事啊！

30

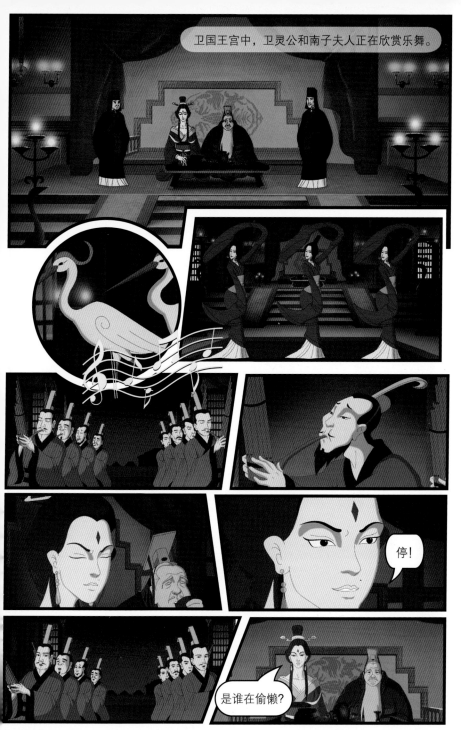

21

夫人息怒。小人今天身体不适，不是故意偷懒的。

拖下去！

求求夫人，饶了小人这一次吧！

夫人果然好耳力！

蘧伯玉乘着马车从王宫前驶过。

大人，咱们这是
要去——

驿(yì)馆。

听戏阳速说，鲁国孔丘来
了。我要去见见他，希望
他能帮助我们卫国！

这么晚了还
去驿馆？

再快一点儿！

好！驾——

第 ⑦ 集　击磬(qìng)

国学常识有奖问答

南子夫人是卫国太子的庶(shù)母。请问："庶母"是什么意思?

孔丘师徒在蘧(qú)伯玉的陪同下来到了卫国都城楚丘。

这是卫国都城楚丘。

真是人口稠密啊!

先生,人口若是众多,主政者应该怎么办呢?

应该让他们富裕起来。

那富裕起来以后呢?

再进行教化。

先生，您看那边。

好玩儿！

这叫缫(sāo)丝，就是把泡在热水里的蚕丝抽出来。

先生说得对。我们卫国的丝织业很发达。

戏阳速驾着一辆马车急速驶来，路上的行人纷纷闪避。

驾——

来者不善啊！

听说你就是鲁国大司寇？

孔丘如今只是一介平民。

我是卫国太子，这位是公孙大人。

太子希望您能来辅佐他。

孔丘初来卫国，想先拜见国君，别的以后再说。

既是如此，告辞了！

卫国太子乘车绝尘而去。

哦，是这样。

孔丘先生，您做得对。太子与庶(shù)母南子争权夺利，千万不能卷进去。

孔丘在蘧伯玉的陪同下来到卫国王宫的后花园，拜见卫灵公。

国君。

嗯。

有事吗？

我带来一位尊贵的客人。

礼乐的事情，在下曾经听说过。打仗的事情，却是从未学过。

这样啊……

这孔丘根本没什么本事嘛！

唉，卫君昏庸啊……

先生请看。

这是一套编磬(qìng)，可以供先生平时排遣寂寞。

大人的好意，孔丘感激不尽。

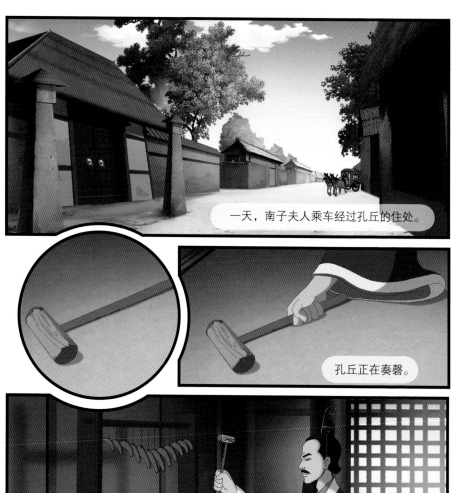

一天，南子夫人乘车经过孔丘的住处。

孔丘正在奏磬。

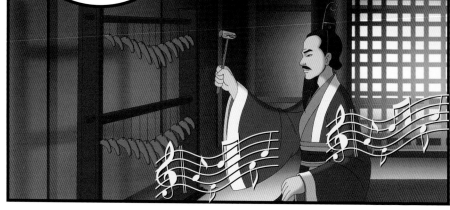

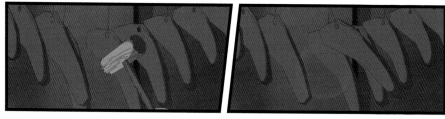

夫人，太子的车过来了！

走！

快点儿拐弯！

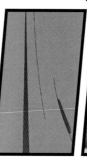

是。

我们先躲起来。

吁——

卫国太子前来拜访孔丘。

听说先生精通一切学说，包括兵法。

孔丘更关心礼乐。

庶母南子与我不和，还望夫子支持我！

这是太子的私事，孔丘不便介入。

夫子这么说，是瞧不起我吗？

请看我舞剑！

这不知好歹的孔丘要倒霉了！

这家伙不怀好意啊！

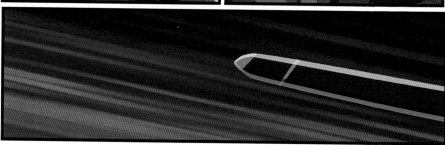

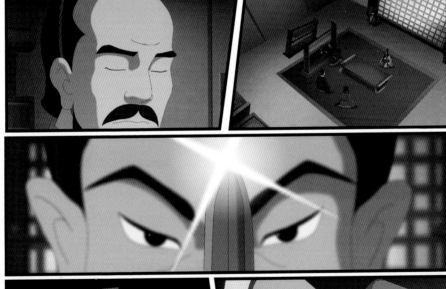

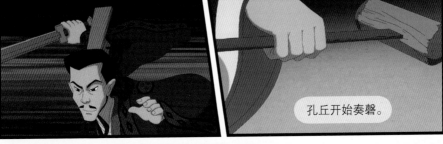

孔丘开始奏磬。

这孔丘，还真有两下子！

只可惜此人恐怕不能为太子所用啊！

南子夫人在不远处的街角偷偷地看着太子离去。

决不能让孔丘支持太子。

嗯，但你得隐瞒身份才好。

夫人，我去试探一下，可好？

南子夫人的心腹宋子朝乔装成一个普通人，前去试探孔丘。

先生说能听懂我的磬声？

是的，我听出您有心事。

哦？

这套编磬共有三十二枚。

原来先生是内行。可否赐教?

不敢。还望先生不要见笑……

宋子朝拿起了木槌……

宋子朝准备击磬了……

孔丘不动声色，也拿起了木槌。

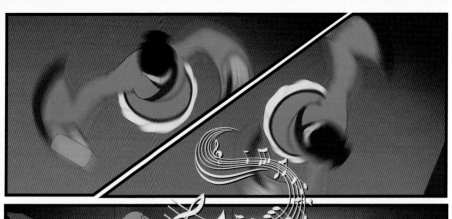

宋子朝击磬的姿态非常优美，奏出的乐声也异常悠扬。

孔丘不动声色，演奏着既定的节奏。终于，孔丘击出了最后一下……

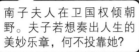

南子夫人在卫国权倾朝野。夫子若想奏出人生的美妙乐章，何不投靠她？

孔丘不愿放弃理想，与人妥协。

这位先生，请回吧。

唉！

可惜呀！

卫国王宫的后花园中。

那只小咒(si)兽被拴在一个角落里。

小黄鸟飞来了……

吱吱。

小兄！

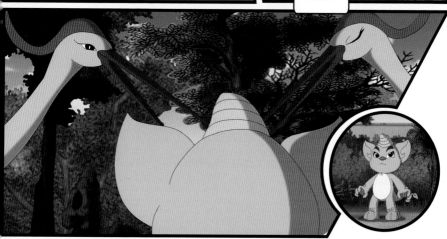

走开！走开！

小兜，我来救你了！

嘿！

缠得太紧了！

不好！

吱吱！

一只凶猛的隼(sǔn)全速俯冲下来。

我一看就知道，它可不是什么好鸟！

别过来，走开！

哎哟，我的妈呀！

隼的腿上有一个铜环。

铜环上有个"阳"字。

阳虎?

第 78 集　钦原

天空阴沉沉的，阳虎的隼(sǔn)朝卫国太子的府第飞去。

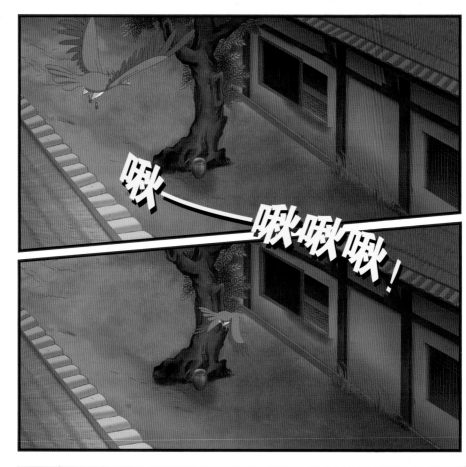

啾—

啾啾啾！

卫国太子正在和阳虎商议着什么。

阳虎真是太狂妄了!

当年我离开鲁国，投奔了晋国……我这次是代表晋国而来。

哦。

不知阳虎大人有何指教?

希望太子登上王位后，能与我晋国结好。

咱们两国不要再打下去了！

可是庶(shù)母一直跟我过不去，我能不能登上王位还说不定呢。

这个嘛，我早就考虑过了。我可以帮你除掉南子。怎么样？

真的？

这只鸟叫钦原，带有剧毒。

还有鲁国来的一位夫子，也很难对付……

孔丘？太子可以在市井散布谣言，说他想干预卫国朝政。

妙计！

阳虎得意地乘着马车走在街上。

孔丘，我要使卫国大乱，让你也待不下去！

阳虎走后……

卫国太子的心腹公孙戍(xū)亲自出马，去散布有关孔丘的谣言。

孔丘……鲁国夫子……图谋不轨……

谣言传到了南子夫人的耳朵里。

孔丘好大的胆子!

啪!

宋子朝!

夫人。

不清楚？你马上带人去监视孔丘！

我听说宫外都在议论，说孔丘想蛊(gǔ)惑国君，帮太子对付我？

这个……臣不清楚。

国君那儿，我自有办法。你只管照我的话去办！

可是……他是国君的客人啊。

是。

奇怪，孔丘怎敢和我作对？

子路和子贡回来了。

哦?

子路，你看。

那些人好像在监视咱们。

我去问问！

保护宋大人！

你先靠边站。我来收拾他们！

不得无礼！我是奉国君之命来此的。

国君之命？你是何人？这是怎么回事？

我是宋子朝，□君命我来监视你们夫子……

宋子朝谎称奉了国君之命，子路只得放他走了。

子路和子贡将刚才发生的事情告诉了孔丘。

宋子朝声称是国君派他来监视夫子的。

弟子还打听到，集市上有人对夫子造谣中伤！

嗯，我知道了。

皮休再次来到卫国王宫的后花园，想要救出小兕。

小兕！

吱吱。

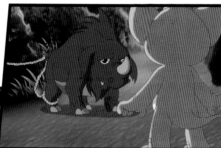

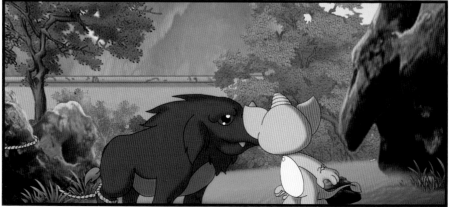

皮休想用石头把拴住小兕的绳子砸断。

这时，皮休突然听到有人来了。

只见戏阳速背着剑，猫腰躲在山石的后面。

这时，公孙戌来到了王宫后花园，鬼头鬼脑地到处转悠。

皮休和戏阳速都屏声敛气，从山石后面偷偷地看着公孙戌。

南子夫人来了！

不怀好意的公孙戌随身带着钦原。

公孙戍参见夫人!

公孙戍,你来这里有什么事吗?

没什么……夫人蓁(qín)首蛾眉,巧笑倩兮,可与这园中鲜花比美了!

哼!

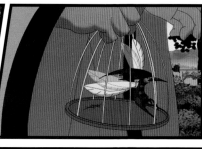

你手中拿的是什么？

没什么……

坏了！

真的没什么……

你背后藏了什么东西?

搞什么鬼名堂?

把他给我拿下!

是!

啊!惨了!

快逃命!

完了!

夫人——

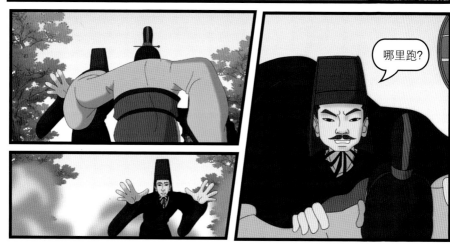

哪里跑?

哎哟!

夫人请看。

怎么回事？

哦，这是什么宝贝？让寡人瞧瞧。

国君，别碰它！它叫钦原，有剧毒！

什么？

啊！

孔丘带着弟子们离开卫国，又踏上了征程。

先生，找到皮休了！

皮休，以后别再乱跑了。

我可没有乱跑！

夫子，公孙戌谋反，已经被抓起来了。

我看，这事恐怕与太子有关系啊。

是的。造谣中伤您这件事，也是太子让公孙戍干的。

哦。

幸好夫子决定离开，没有卷入这场是非。

夫子，咱们接下来到哪儿去呢？

陈国！

孔丘师徒离卫奔陈而去。前方等待他们的，是更大的磨难……